中了魔法的女邻居

［德］约阿希姆·弗里德里希 文

［德］亨利伯特·舒迈尔 图

董秋香 译

这本书属于：

_____

我和我的好朋友
一起玩魔术

我现在在马戏团里看魔术表演。真是太棒了！人们可以看到许许多多精彩的东西：吼叫着的狮子、不断地从空中掉下来的小丑、在钢丝上行走的女孩儿，还有翻着跟斗钻圈儿的小狗。不过，最厉害的还是魔术师，他甚至可以把一位女孩儿锯成两段后再把她重新粘在一起。而且魔术师还可以让许多东西统统消失不见，他能够让手帕、花朵、小鸟、小兔子消失，甚至还可以让那位女孩儿消失呢！真是太厉害了！

"爸爸，魔术真是好神奇啊！"在回家的路上，我说。

"嗯，莫里兹，你想知道些什么呢？"爸爸问。

"那个魔术师真的会魔法吗？"

"可能吧。"爸爸说。

"真的吗？那真是太棒了！"我激动地叫了起来。

妈妈轻轻地责备了爸爸几句，因为她觉得爸爸不应该给我灌输这些荒唐的想法。

"他肯定会魔法。"马克斯说。

马克斯是我最好的朋友，因为最好的朋友才会总是一起去看魔术表演。

当我们还很小的时候，马克斯就已经是我的好朋友了。那时候，我们一起上幼儿园。现在，我们长大了，我们一起上小学。马克斯是县长、赛车运动员、科学家、美国牛仔和骑士。而我是侦探、宇航员、印第安人、海盗和幽灵猎人。

"那么那些消失不见了的东西到底去哪里了呢？"我问爸爸。

"我也不知道。"爸爸说。他这么说，妈妈就不会怪他给我灌输

那些荒唐的想法了。

"它们变成空气了吗?"马克斯问。

"可能吧。"爸爸回答。

"或者它们变成了尘土?"我问。

"可能吧。"爸爸回答。

"那些魔术全都是骗人的,都不是真的!"妈妈说。

回到家后,我和马克斯走进了我的房间。

"我们是不是也应该玩一玩魔术呢?"马克斯问。

"好主意!"我高兴地叫了起来,"和海茨·威利一起玩儿!"

海茨·威利是我的小猎狗。马克斯也想养一只小狗。可是,他爸

爸妈妈都不给他买。所以我把海茨·威利的一半送给了他。这样一来，海茨·威利的前半部分是属于我的，而后半部分是属于马克斯的。属于我的那一部分叫做海茨，而属于他的那部分叫威利。我们用明亮的颜色在中间画了个环，明确地标出了界限。这样一来，我们就能够清楚地看出海茨是到哪里而威利是从哪里开始。

"我们要不要玩儿一下魔术呢？"我问海茨·威利。

海茨兴奋地叫了起来，威利高兴地摇起了尾巴。

"海茨·威利肯定也很厉害，它肯定也会很多杂技，就像马戏团里的那些小狗一样！"我大声说。

"对啊！"马克斯也大声说道，"翻跟斗！"

"海茨·威利！"我命令道，"快点儿翻跟斗！"

海茨兴奋地叫着，威利高兴地摇着尾巴，可是它却没有翻跟斗。

"我们必须要先给它示范一下，"马克斯说，"它没有跟我们一起去看魔术，它肯定不知道要怎么翻跟斗。"

"噢，对呀。"我说，"我们不能带它一起去看魔术真是太可惜了。"

于是，我们开始给海茨·威利示范怎样翻跟斗。我抓着海茨，马克斯抓着威利。我们让海茨·威利在空中翻转着。海茨向前翻，而威

利则向后翻。海茨哀叫了起来，而威利害怕得全身发抖。

"也许它更喜欢钻圈儿吧！"马克斯说。

"有可能，"我点了点头，"可是我没有圈圈儿呀。"

"那么我们现在就去找一个圈圈儿吧。"马克斯说。

我和马克斯走到地下室里。那里堆放着许多旧东西。一开始，我们没有找到任何一个圈圈儿。于是，我们找啊找，找了好久。

我们身上都弄脏了，不过，只是一点点儿脏而已。最后，我们终于找到了我的自行车的旧轮子。

"海茨·威利肯定会很喜欢这个轮子！"马克斯激动地叫道。

可惜，海茨·威利一点儿都不喜欢这个轮子。它一点儿都不想钻过这个轮子。海茨哀叫着，而威利害怕得发抖。

"它肯定不知道要怎样才能钻过这个轮子。"马克斯说。

"对!"我同意道,"我们必须要先给它示范一下!来,我拿着轮子,你钻过去!"

我们就这么做!唉,可惜我的房间比马戏团的表演场地小多了。所以我们没有办法给海茨·威利示范怎样钻圈儿。

"我们到客厅去,"我提议,"那里地方比较大,我们可以在那儿给海茨·威利示范钻圈儿。"

幸运的是,爸爸妈妈正在厨房里忙着。所以,马克斯可以在客厅里给海茨·威利示范怎样钻圈儿。要不然让妈妈看到了,她肯定会骂我们的。

可惜，马克斯跳得太远了。事实上，只是有一点点儿远而已。

不过糟糕的是，利贝特姑妈送给妈妈的花瓶不是塑料做的，而是瓷做的！当掉到地上时，瓷做的花瓶当然会摔碎喽。

我和马克斯呆呆地看着利贝特姑妈的花瓶。

"还好没有摔得很碎。"马克斯说。

"对呀，只是有一点点儿碎而已。"我点了点头赞同道。

这时，妈妈走过来了。尽管花瓶只是有一点点儿碎了，妈妈还是狠狠地骂了我们一顿。

"可是爸爸说过，利贝特姑妈送的这个花瓶一点儿都不好看呀！"我委屈地说。

"就算是这样，你们也不能把它摔碎。"妈妈生气地说。

唉，为了不让其他的花瓶也被摔碎，我们必须要到房子外面去玩儿了。

我和我的好朋友想要会魔法

我和马克斯继续在院子玩着魔术。可惜，海茨·威利总是不愿意钻圈儿。

"那我们玩小丑游戏吧！"马克斯提议道，"那样海茨·威利就不用一起玩儿了！"

真是好主意！我们玩起了有趣的小丑游戏。先是马克斯假装摔倒，我大声地笑。然后是我假装摔倒，马克斯大声地笑。海茨兴奋地大声叫着，而威利欢快地摇着尾巴，像发了疯一样。

可是，这时里希太太走过来了！里希太太是我们的邻居。她老是骂我和马克斯。

"发生什么事了？干嘛这么吵？"她生气地喊道，"我想要安静地休息一会儿！你们就不能小点儿声吗？"

"可是，我们在玩魔术！"马克斯回答，"我们现在在玩小丑游戏呢！"

"这个游戏要求人们必须要大声地笑呢！"我也大声说道。

"你们的游戏跟我有什么关系呢？我为什么要忍受你们吵闹的

笑声呢？"里希太太不满地问。

我们也不知道，我们的游戏跟里希太太有什么关系。

"小点儿声，要不然就给我消失！"里希太太严肃地警告我们。

然后，她走回了自己的房子里。她边走边不停地大声骂着，声音比我和马克斯的笑声大多了。

"我才不想消失呢！"等里希太太听不见我们说话后，马克斯撇了撇嘴说。

"我也不想，"我说，"我宁愿让里希太太消失。"

"唉，真可惜，马戏团里的魔术师不把里希太太变消失。"马克斯说，"他要是让里希太太消失就好了，这样我们就可以痛痛快快地玩儿, 完全不用担心会被她骂了。"

　　我突然想出了一个非常棒的主意。

　　"也许我们可以像马戏团里的魔术师一样, 让里希太太消失。"
我激动地说。

　　"对呀!"马克斯高兴地叫了起来, "或者我们可以用魔法把她
变成别的东西!"

　　我和马克斯想呀想, 想了好久: 我们应该把里希太太变成什么东
西才好呢? 也许把她变成一只布做的动物或者一个木偶? 这样她就再
也不能骂我们了。或者把她变成一辆玩具车? 这样我们还可以用来
玩儿呢! 或者把她变成一个足球?

　　"如果能够把里希太太变成足球就太好了!"我兴奋地叫了起
来, "这样我们可以把讨厌的里希太太踢到墙上去呢!"

　　我们又想呀想，想了更久：我们到底怎样才能对里希太太施魔法呢？

　　"我记得，那个魔术师好像讲过怎样使用魔法。"我说。

　　"念魔咒！"马克斯激动地叫了起来，"可是，我一点儿都不会。"

　　"可惜，我也一点儿都不会。我们去问迈瑟太太！"马克斯说。

　　真是好主意！迈瑟太太是我们的老师。她是世界上最好的老师。她什么都知道！

第二天早上，当迈瑟太太一走进教室，我和马克斯就赶紧举起了手。

迈瑟太太深深地吸了口气，把包放在讲台上。

"马克斯和莫里兹，你们到底又想知道什么呀？"迈瑟太太问道。

"世界上真的有会魔法的魔术师吗？"我问。

"会魔法的魔术师！"埃文叫了起来，"世界上根本不可能有这样的人！"

"这样的人只会出现在童话里！"莎拉也叫道。

埃文和莎拉是我们的同学。她们一直都很讨厌我和马克斯，总是喜欢跟我们作对。

"从前人们都很相信魔术师，认为他们真的会魔法。"迈瑟太太解释道，"因此，民间还流传着许多有关他们的故事。例如，伟大的魔术师莫林的故事至今还为人们所津津乐道呢！"

"那现在世界上到底还有没有魔术师呢？"我心急地问。

"当然有。"迈瑟太太说。

"哇！"我们所有人都惊叹了起来。

"不过，那些在电视上或马戏团里出现的魔术师并不是真正地会魔法。他们所表演的魔术只是一种技巧而已，并不是真的。"

"噢！"我们所有人都失望地叫道。

　　"可是，我们俩在马戏团里看到一位魔术师，"马克斯不服气地说，"他用魔法让一位女孩儿消失不见了呢！"

　　"那只是一种技巧而已，是假的！"迈瑟太太笑着说，"真正的魔法只存在在童话故事里。在童话故事里，人们甚至会因为中了巫婆或魔法师的魔咒而变成睡美人。或者一个被施了魔法的王子会变成一只丑陋的青蛙，而且只有公主的一个吻才能解救他。"

　　我还想知道更多有关魔术师的故事。可惜，迈瑟太太不让我再继续问下去了。

　　"现在，我们来学习课文，"迈瑟太太宣布道，"请打开你们的书本。"

　　"噢！"我们又再次叫了起来。

　　尽管非常不乐意，我们还是必须要打开课本。

　　"迈瑟太太说的是不是真的呢？"课间休息时，马克斯问我，"是不是世界上真的没有真正的魔法师呀？"

　　"迈瑟太太说的，从来都是真的。"我回答道，"不过，她这一次说的可能并不全都是真的，可能有一点点儿不对。"

这时，埃文和莎拉刚好从我们身边走过。

"我们是不是应该亲吻你们呀？"埃文嘲笑道，"说不定你们会变成青蛙哦！"

"呱呱！呱呱！"莎拉学青蛙叫着。

埃文和莎拉大声笑了起来。其他女孩子也跟着笑了起来。我和马克斯生气极了，真想冲过去把埃文和莎拉狠狠地揍一顿，可是她们俩迅速地跑走了。

可惜，埃文和莎拉跑得比我和马克斯快多了。我们追不上她们。不过没关系。

"埃文和莎拉是两个大傻瓜！"我说。

"对，她们俩笨死了！"马克斯同意道，"最好我们也能给她们施魔法。"

"我们要不要试一试？"我问，"现在就做一次试验？"

　　"那你会念魔咒吗？"
马克斯问。

　　"我只会念阿波拉咔嗒
波拉和西姆莎拉比姆。"我
回答。

　　"那我们可以念这两句咒语试试。"马克斯激动地说。

　　马克斯和我大声地念起了"阿波拉咔嗒波拉！"和"西姆莎拉
比姆！"。

　　可是，令人失望的是埃文和莎拉看起来一点儿都不像中了魔法的
样子。她们边笑边向我们指着一只小鸟，看起来正常得很呢！

　　"唉，我们真该学会马戏团里那个魔术师的咒语！"马克斯说，
"念他的咒语肯定有效。就像他用来对那个粘起来的女孩儿施魔
法一样。"

　　"我们没有听到他的咒语真是太可惜了！"我赞同道。

　　"那我们再去一次马戏团，"马克斯说，"这
样我们肯定就能学到他的咒语了。"

　　"好主意！"我兴奋地叫了起来，"你回去
问你爸爸妈妈，我回去问我爸爸妈妈，让他
们再带我们去一次马戏团！"

我和我的好朋友
一起偷听咒语

"我和马克斯还想再去马戏团看表演。"午饭时我跟爸爸妈妈说。

"可是，我们昨天才刚去呀。"妈妈惊讶地说。

"那里的表演太好看了，我们还想再看一次。"我说。

爸爸摇了摇头，过了一会儿说道："不行，马戏团的门票太贵了。"

下午时，我和马克斯在我们家的花园里玩耍。因为怕吵到里希太太，所以我们俩轻声地玩儿着。

"我爸爸妈妈不肯再带我去马戏团了，"我告诉马克斯，"他们说门票太贵了。"

"我爸爸妈妈也不肯再带我去了，"马克斯说，"他们也觉得门票太贵了。"

"唉，可惜我们的爷爷奶奶住得那么远，"我说，"要不然还可以让他们带我们去。"

"唉，可惜我们俩这段时间都不过生日，"马克斯说，"要不然我们可以许愿去马戏团看表演，这样爸爸妈妈肯定会满足我们的生日愿望的。"

我和马克斯想呀想，想了好久：我们可以从哪里得到钱去马戏团看表演呢？我们看了看我的存钱猪。唉，可惜是空的。因为我刚买了好玩儿的消防车。

马克斯也看了看他的存钱猪。唉，可惜也是空的。因为他刚买了一个新足球。

幸运的是，这一次马克斯想出了一个绝妙的主意。"我们偷偷溜进去！"他说，"我们偷偷溜进马戏团的帐篷里去！找个地方藏起来，然后仔细偷听魔术师到底讲了哪个咒语！"

"太好了，我们就这么做！"我高兴地说，"我是印第安人，最会偷偷地溜进一个地方了！"

"我是美国牛仔！"马克斯说，"也最会偷偷地溜进一个地方了！"

我有一个印第安人的帐篷。那个帐篷有四条杆。这对我偷偷地溜进马戏团的帐篷没有什么用处。不过没关系。尽管如此，我依然还是厉害的印第安人。马克斯有一匹马，是木头做的。那匹木马也不能帮他偷偷地溜进马戏团的帐篷。不过没关系。尽管如此，他依然还是厉害的美国牛仔。我们不能带海茨·威利一起去，因为它没有印第安人和美国牛仔那么厉害，它不能够偷偷地溜进马戏团的帐篷。

我和马克斯骑着自行车去马戏团。有时候，印第安人和美国牛仔也需要自行车。

等我们到达马戏团时，表演已经开始了。不过没关系。我们只想看魔术师的表演。

在马戏团的入口处，站着许多穿着彩色衣服的男人。

"那些穿着彩色衣服的男人是马戏团的人。"马克斯小声地说。

"他们在检查人们有没有门票。"我小声地说。

可是，我和马克斯没有门票。所以我们只能偷偷地溜进马戏团的

帐篷里。幸好我们俩偷溜的本领都很高，没有人看见
我们。

我们偷偷地溜到了一辆魔术车的底下。可惜，在
魔术车前面也站着穿彩色衣服的男人。

"我们现在该怎么办呢？" 我小声地问，
"如果我们继续向前走的话，那些穿彩色衣

服的男人会看见我们的。"

　　"我们必须在这儿等着，直到那些男人离开后我们才能继续往前走。希望我们不会等太久，要不然进去得太晚，魔术师就表演完了。"马克斯小声地回答。

　　突然，我们听到在我们头上方响起了脚步声。

　　"有人在魔术车里呢!"马克斯小声地说，"会不会是魔术师呀?"

　　"或者是动物?"我小声地说。

　　我心里不禁害怕了起来。不过，只是有一点点儿害怕而已。

　　"会不会是马呢?"马克斯小声地问。

　　突然，那些动物吼叫了起来，我们心里不禁害怕了起来，不过这会儿不再是有一点点儿害怕了。我们害怕极了。

　　"那是狮子!"马克斯惊慌地叫道。

　　"它们会把我们吃掉的!"我颤抖地叫道。

　　我和马克斯急忙从车底下爬了出来。我真是太勇敢了，竟然朝车里看去。

　　"里面根本就没有狮子!"我激动地叫道。

　　"只有猩猩!"马克斯也激动地叫着，"它们不会吃我们的!"

　　尽管如此，我和马克斯还是急忙向马戏团的帐篷跑去。真倒霉，那些穿着彩色衣服的男人看到我们了。

　　"你们在那里干什么?"他们大喊道，"马上回来!"

可是，我和马克斯没有回到他们身边。我们想要听咒语。于是，我们迅速地爬进了帐篷里。

幸运的是，那些穿着彩色衣服的男人比我和马克斯高多了，也胖多了。所以，他们没有办法跟着我们爬进来。

"他们肯定会从入口那里进来抓我们俩的。"马克斯小声地说。

"那我们要赶紧找个地方好好藏起来，不能被他们发现。我们一定要等到魔术师的表演。"我小声地说。

可惜还没有到魔术师的表演，而是一位女孩儿在表演走钢丝。不过，接下来就是魔术师的节目了，这一点我知道得可清楚了。

我和马克斯藏在很多只脚之间。我们有时会闻到一些奇怪的味道。那些穿着彩色衣服的男人在找我们。不过幸运的是，他们找不到我们。印第安人和美国牛仔当然很会隐藏啦！

魔术师终于出现了。

那些穿着彩色衣服的男人也离我们的隐藏地点越来越近了。

"等他一念完咒语，我们就马上爬出去。"我小声说道。

"好，我们就这么做！"马克斯小声地说，"听完咒语，爬出帐篷，然后骑上自行车逃走！"

可是，魔术师却没有念咒语。他先把那个女孩儿锯成了两半。等

他把她重新粘起来后，他用魔法让那些东西统统消失了。同时，他嘴里念着咒语！

"他们在那里！"那些穿着彩色衣服的男人大叫着，"终于让我们逮着了！"

我和马克斯迅速地爬出了帐篷。我们从"狮子"旁边跑了过去。那些"狮子"其实都是猩猩。幸亏印第安人和美国牛仔跑得也很快。所以，我们没有被那些穿着彩色衣服的男人抓住。

我们向自行车跑去，然后迅速地骑上它们飞快地逃走了。

我和我的好朋友变的魔法很可怕

　　我们骑回了家里，赶紧躲到了我们家花园里的兔子窝后面。那个兔子窝其实是里希太太的。

　　"我们躲在这里，他们肯定找不到。"马克斯说。

　　"真是绝妙的隐藏地！"我说。

　　"印第安人和美国牛仔的隐藏地！"马克斯说。

　　"你听到那个魔咒了吗？"我问。

　　马克斯点了点头，"阿波拉咔嗒波拉和西姆莎拉比姆。"

　　"我也听到了。"我说。

　　"可这也是我们之前念的咒语呀！"马克斯叫道，"它在我们这儿不灵验呀！"

　　"我们没有魔杖，那个魔术师有一根魔杖呢。这可能是咒语不灵验的原因吧。"我想了想说。

　　"就是！"马克斯赞同地说，"我们也需要一根魔杖！"

　　"可是，我们在哪里可以找到一根魔杖呢？"我问。

过了一会儿，我和马克斯必须要上床睡觉了。爸爸妈妈还呆在花园里。直到天全黑了，他们才停止了晒太阳，因为月光不能把人们的皮肤晒成棕色。

我和马克斯还没睡着。海茨·威利也还醒着。

"我们明天再去给里希太太施魔法吗？"为了不让爸爸妈妈听见，我小声地问道。

"可是，如果到时你爸爸妈妈又想把皮肤晒成棕色呢？"马克斯小声地说。

"那我们现在就去给里希太太施魔法吧。"我小声地说。

"现在？"马克斯轻声叫道，"可是，外面已经全黑了呀！"

"也许魔法在黑暗中更灵验呢。"我说。

"对！"马克斯激动地说，"马戏团那个帐篷里面也是黑乎乎的！"

"走，我们去给里希太太施魔法。"我对海茨·威利说道。

海茨兴奋地叫了起来，威利高兴地摇起了尾巴。

我拿起我们的魔杖，我们悄悄地溜出房间，来到了花园里。

我们总是很善于偷偷地溜进溜出。所以，爸爸妈妈一点儿都没有听到我们的响声。

花园里一片漆黑，看起来有点儿阴森。我心里不禁害怕了起来。不过，只是一点点儿害怕而已。

"呼呼！"有人在叫。

"那是什么在叫呀？"马克斯小声地问。他也有一点点儿害怕。

海茨哀叫着，威利也害怕得发抖。

"希望不是幽灵。"我小声地回答。

"肯定是一只猫头鹰在叫。"马克斯说。

"一只幽灵猫头鹰。"我小声地说，"我们赶快给里希太太施魔法吧。"

里希太太的房子也是一片漆黑，看起来也很阴森恐怖。尽管如此，我和马克斯还是走到了离她房子很近的地方。印第安人和美国牛仔也是非常勇敢的！

我高高地举起了我们的魔杖。

"阿波拉咔嗒波拉！西姆莎拉比姆！"我大声念着。

里希太太的房子还是一片漆黑。我把魔杖递给了马克斯。

"现在轮到你了，"我小声说道，"连施两次魔法肯定比只施一次魔法效果更好，更灵验。"

"阿波拉咔嗒波拉！西姆莎拉比姆！"马克斯大声念了起来。

里希太太的房子仍然是黑乎乎的，看起来很恐怖。

"一点儿动静也没有，什么都没有发生呀。"我疑惑地说。

"是不是她已经中了我们的魔法了？"马克斯问道。

"我们要进去看一看吗？"我问。

"我宁愿等到明天早上再去看。"马克斯说。

"对，明天再看也不迟，到时里希太太肯定还受我们的魔法控制着。"我点了点头说。

我和马克斯迅速地跑回了我的房间里。

"真是一场精彩的历险！"马克斯感叹道。

"是呀，太精彩了！"我说，"我们现在就等着明天去看里希太太是不是已经中了魔法了。"

我和我的好朋友发现了一位公主

可惜，我们第二天早上还要去上学。所以，我和马克斯没有办法去看里希太太是不是中了魔法。

下课后，马克斯又可以来我家玩了。幸运的是，爸爸妈妈没有再晒太阳了。我们找呀找，找遍了花园的每一个角落，可还是没有找到里希太太。

"也许她现在正待在自己的家里，"马克斯说，"我们要不要去按一下门铃看看？"

里希太太的房子不再像昨天晚上那样黑乎乎的了，看起来也不再阴森恐怖了。可是尽管如此，我还是不想去按她家的门铃。

"要不我们再玩一次小丑游戏吧！"我提议道，"如果我们给她

施的魔法没有成功的话，她肯定会过来骂我们的。"

"好的，我们就这样做。"

我和马克斯又玩起了小丑游戏。先是马克斯假装摔倒，我大声地笑。轮到我假装摔倒时，马克斯笑得更大声了。海茨兴奋地叫着，威利高兴地摇着尾巴。我们笑得越来越大声，海茨叫得越来越大声。可是，里希太太一直都没有出来骂我们。

"我们给她施的魔法是不是成功了呀？"马克斯小声问道。

"也许她只是没有听到我们的声音。"我也小声地说。

"那我们还是去按门铃吧。"马克斯小声地提议。

我和马克斯朝里希太太的家门走去。不过，我们还是不敢按门铃。

"我们不会发生什么事的，海茨·威利在我们身边呢！"我吸了口气说。

"对！"马克斯大声地说，"它会保护我们的！"

我们按了按里希太太家的门铃。先轻轻地按了一下，再长按了一下，然后再长长地按了一下。里希太太一直都没有出来开门。

"她消失了！"马克斯小声说道。

"中了我们的魔法了！"我高兴地小声说道。

"被我们的魔杖变走了！"马克斯也高兴地说。

我和马克斯又走回了我们家的花园里。

"那么现在呢？我们干什么呀？"我问。

"现在我们可以大声地玩儿了，里希太太再也不能骂我们了。"马克斯回答。

可惜，我们却再也没有心情玩儿小丑游戏了。而且，我们想不起来还可以玩儿什么吵闹的游戏了。

我们坐在草地上。

"你看!"突然马克斯激动地叫了起来。

"一只青蛙!"我也激动地叫了起来。

"迈瑟太太告诉过我们,人中了魔法后也会变成青蛙的。"马克斯说。

"可是,只有王子和公主才能变成青蛙呀!"我反驳道。

"说不定里希太太正是一位公主呢!"马克斯说。

"可怜的里希太太,她现在不得不吃飞虫了。"我叹息道。

海茨伸嘴去咬里希太太，威利的尾巴摇得欢快极了。

"海茨·威利！"我着急地叫了起来，"让里希太太安静地待着！"

里希太太想要跳走，可是我比她更快。印第安人是非常善于抓青蛙的。

"那我们现在要做什么呢？"马克斯问道。

"也许这只青蛙并不是里希太太。"我说。

"你是里希太太吗？"马克斯问。

"呱！"里希太太回答。

"你是一位公主吗？"我问。

"呱！"里希公主回答。

"她不跟我们说话。"我说。

"不过，她听起来还真有一点儿像里

希太太呢。"马克斯说。

我和马克斯又试着和里希太太说了好多好多话。

可惜,里希太太都不想和我们说话。她只是一直叫着:"呱!"

过了一会儿,妈妈来了,所以我赶紧把里希太太藏进了裤子口袋里。马克斯又该回家了,因为现在已经很晚了。马克斯一点儿都不想回家,我也不想让马克斯回家。我们先问妈妈能不能让马克斯住下来,妈妈不答应。然后我们苦苦地哀求,她还是不答应。最后我们大声地哭闹了起来。不过,可惜这一次马克斯最终还是不能再在我们家过夜了。

妈妈走后,我从裤子口袋里掏出了里希太太。

"呱!"里希太太叫了一声。

"我现在偷偷地把里希太太带回我的房间。"我轻声说道。

"这是个好主意,"马克斯说,"说不定明天里希太太就想跟我们说话了呢!"

我和我的好朋友想要饲养一位公主

　　幸运的是，爸爸妈妈都没有注意到我把里希太太带进了我的房间。我把她放在了鞋盒里，然后把鞋盒放在了书架上，这样海茨·威利就咬不到她了。

　　"你肚子饿了吗？"我问里希太太。

　　"呱！"里希太太回答。

　　吃晚饭时，我剩下了一小块面包。是给里希太太吃的。回到房间后，我把面包放进了鞋盒里。可是，里希太太却一点儿都没吃。

　　"明天我去给你抓几只飞虫回来。"我对里希太太说。

　　当我躺到床上时，我怎么也睡不着，因为我心里有点儿害怕。只是有一点点儿害怕而已。

　　"但愿里希太太不会变回来，"我对海茨·威利说，"我们也是在

43

晚上给她施魔法的。"

　　海茨高兴地点了点头。

　　"如果她变回来了的话，她肯定会大骂起来的。"我对海茨·威
利说。

　　威利害怕得摇了摇尾巴。

　　可是，过了一会儿，我就睡着了。

　　幸运的是，里希太太没有变回原形。

早上时，她依然坐在鞋盒里叫着："呱！"

　　我去马克斯家找他，和他一起去上学。因为好朋友总是一起去上学的。

　　"现在呢？里希太太说话了吗？"马克斯问。

　　"除了'呱'，什么都没说。"我回答。

　　在学校里，我和马克斯想了好久，我们应该拿里希太太怎么办。我们想问迈瑟太太，可是我们却不敢问。

　　"我们今天下午去给她抓飞虫吧。"在回家的路上我跟马克斯说。

"好，我们去抓飞虫！"马克斯兴奋地叫了起来，"说不定她会因此跟我们说话呢！"

一回到家，我就看到鞋盒放在厨房的桌子上。我惊讶极了！

"这是什么？"妈妈问我。

"一个鞋盒。"我回答。

"那鞋盒里装的是什么呢？"妈妈接着问。

"里希太太。"我回答。

"谁？"妈妈惊讶地问。

"一只青蛙！"我赶快叫了起来。

"你不能就这样把一只青蛙放在鞋盒里！"妈妈生气地责备道，"唉，这只可怜的小动物！"

我想告诉妈妈,这其实并不是一只青蛙,而是一位中了魔法的里希公主。可是,我不敢。

　　"你必须马上把这只可怜的小动物放走。"妈妈命令道。

　　"我不要,我想等马克斯过来!"我激动地叫着,并开始小声地哭了起来。

　　"那好吧,但是过一会儿你们一定要把这只小动物放走。"妈妈让步了。

幸好没过多久，马克斯就来了。

"我妈妈发现里希太太了。"我告诉马克斯，"所以，我们必须要把她放走了。"

"可是，这样的话，里希太太就一直是一只青蛙了，再也变不回原形了。"马克斯说。

就算里希太太经常责骂我和马克斯，我们还是不想让她一直是一只青蛙。

"我们必须要把她变回原形。"我说。

"可是怎么变呢？"马克斯问。

"用魔杖！"我激动地叫了起来。

"对！我们就这么做！"马克斯也激动地叫了起来。

我和马克斯把魔杖拿了过来。我们把鞋盒里的里希太太放在花园的草地上。

"阿波拉咔嗒波拉！西姆莎拉比姆！"我念道。

"呱！"里希太太叫了一声。

"她还是一只青蛙呀。"马克斯说。

然后，马克斯接过了魔杖。

"阿波拉咔嗒波拉！西姆莎拉比姆！"马克斯念道。

"呱！"里希太太叫道。

"还是一点儿变化都没有，这可怎么办呀？"我担心地说。

"也许马戏团的魔术师知道，怎样把里希太太变回原形。"马克斯说。

　　"好主意！我们现在就去马戏团找那位魔术师！"我激动地叫了起来。

我和马克斯向马戏团走去，带着里希太太和海茨·威利。

可是，在马戏团里再也没有表演了。

"他们正在拆帐篷呢！"马克斯惊讶地叫了起来。

"我们走快一点儿！一定要在魔术师离开前找到他！"我着急地说。

我和马克斯朝正在拆帐篷的人们走去，幸好他们没有认出我们来，因为他们现在没有穿彩色的衣服。

"我们找魔术师。"我对他们说道。

但可惜的是，那些人都不知道魔术师在哪里。

我和马克斯到处都找遍了，但我们还是没有看到魔术师。

"有可能他也中魔法了。"我说道。

"你看！那位被粘起来的女孩儿在那里！"马克斯突然激动地叫了起来。

"对，正是她！"我也激动地叫了起来，"她肯定知道魔术师在哪里！"

　　我们走到了那位女孩儿身边。

　　"你知道魔术师在哪里吗？"马克斯问那位女孩儿。

　　我仔细地打量着那位女孩儿。人们根本看不出来，她身上哪块地方是粘起来的。

　　"在他的车里，"那位女孩儿告诉我们，"他的车就在那后面。"

我和马克斯走到了魔术师的车前。可是，我们不敢敲车门。

不过过了一会儿，一个男人从车里走了出来。

"您好！请问您是魔术师吗？"我疑惑地问那个男人，因为他身上没有披那件黑色的大披风。

"是的，我就是，"魔术师回答道，"你们找我有什么事呢？"

我把装着里希太太的鞋盒拿出来给他看。

"一只青蛙，"魔术师困惑地说，"这有什么奇怪的呢？"

"这根本不是一只青蛙。"马克斯激动地说。

"她是里希太太。"我介绍道，

"我们的女邻居。她总是责骂我们。所以我们就给她施了魔法。"

"真的吗？"魔术师笑着问道。

"可是，我们现在想把她变回来。"马克斯解释道。

"我们应该怎么做呢？"我问道。

"这我也不知道呀，"魔术师说，"如果你们真的能够把她变成了青蛙的话，那么你们肯定也能够把她再变回来。"

　　"可是不行呀，我们试了好多遍呢。"我说。

　　"那么你们就别管了，就让她保持这样吧，反正她也老责骂你们。"魔术师说。

　　"可是不行呀，"我说，"爸爸妈妈会骂我们的。"

　　"那你们可能必须要吻一吻这只青蛙了。"魔术师说，他笑得更大声了，"据我所知，如果有人来亲吻她的话，青蛙就会变回原形的。"

　　"迈瑟太太也是这么说的。"魔术师离开时我告诉他。

　　"那她会变成一位公主吗？"马克斯问。

　　我和马克斯想象着里希太太变成公主的样子。

"也许到时她就再也不会责骂我们了。"马克斯幻想着。

"对!"我赞同道,"公主从来都不骂人!她们总是很亲切很可爱的!"

"可是,吻一只青蛙好恶心呀。"马克斯说。

"尽管恶心,我们还是必须要给她一个轻轻的吻。"我说。

我和马克斯回到了我们家的花园里,带着里希太太和海茨·威利。

我把里希太太从鞋盒里拿了出来。

我噘起嘴巴,紧紧地闭上了眼睛,然后想要吻里希太太。

可是,里希太太却不想被吻。她大声地叫了一声"呱!",然后飞快地跳到了草地上。

"里希太太!"马克斯慌张地喊道,"别跑!我们不会伤害您的!

我们只是想吻您而已！"

　　我和马克斯努力去抓住里希太太。海茨·威利帮着我们。海茨兴奋地汪汪叫着，威利欢快地摇着尾巴。

　　里希太太很会跳跃。不过，幸亏印第安人和美国牛仔更会抓青蛙。海茨·威利想要帮我们。不过，我们不允许。太好了，我们终于在海茨·威利之前抓住了里希太太。

　　"现在我们必须要吻她了。"马克斯边说边做出了一副痛苦的表情。

　　我也做出了痛苦的表情。不过，我还是紧紧地闭上了眼睛，飞快地吻了一下里希太太。轻轻地吻了一下。她身上的味道闻起来像是奶奶煮的豌豆汤。我一点儿都不喜欢那种奇怪的味道。

　　可是令人失望的是，里希太太还是没有变回原形。

"现在轮到你了。"我对马克斯说。

马克斯也紧紧地闭上了眼睛，迅速地吻了一下里希太太。一个更轻的吻。

"呕！"他发出了恶心的声音，赶快擦了擦嘴巴。

"可是，还是一点儿都没有变呀，"我沮丧地说，"她仍然是一只青蛙。"

"也许她现在不想当一位公主，而是更喜欢当一只青蛙。"马克斯说。

"或者她也会害羞，"我突然想了起来，"她现在什么都没穿呢！"

"肯定是这样的，"马克斯赞同道，"肯定是里希太太不想让我们看到她不穿衣服，所以才不愿意变成公主的。"

"如果我们看到了她没穿衣服的样子的话，会被她骂死的。"我说道。

"对！所以当她要变回原形时，肯定是更乐意一个人单独待着。"马克斯激动地说道。

我和我的好朋友
拯救了一位中了
魔法的公主

　　我和马克斯想了很久，应该让里希太太在哪里变回原形。难道在草地上？

　　"那每个人都会看见她的。"马克斯反对道。

　　或者在地下室？

　　"那里太黑了。"马克斯还是不同意。

　　"她肯定最想在她自己的房子里。"我说。

　　"对！"马克斯同意道，"可是，她怎样才能进到她的房子里去呢？房子已经被锁住了，而且作为一只青蛙她肯定没有钥匙。"

我和马克斯到处观察着，看里希太太怎样才能再次进到她的房子里去。

幸好我是一名侦探。我拿来了我的放大镜。那个放大镜是四倍放大的，因此我才称得上是一名真正的侦探。

马克斯抓着里希太太，而我拿着我的放大镜。我们就这样去给里希太太找一个入口。侦探非常善于找入口。

因此，我很快就找到了一个入口。

"那儿的门上有一个洞！"我激动地叫道。

"对啊！"马克斯说，"那是放报纸和信件的地方。"

　　我和马克斯走到里希太太的门前，想要把里希太太塞进放报纸和信件的那个小洞，可是，里希太太却一点儿都不想进去。

　　"呱！呱！"她大声地叫着。

　　海茨兴奋地汪汪叫着，威利欢快地摇着尾巴。海茨·威利又想扑过去咬里希太太。于是，里希太太害怕得赶紧跳进了自己的房子里。

　　"噗！"马克斯松了口气，"现在她终于进去了。"

　　"她是不是已经变身了呢？"我问。

　　我和马克斯紧紧地靠在里希太太的门上仔细听着，想知道她是不是已经成功地变成了一位公主。

"我什么都没听到。"我说。

"我也是。"马克斯说。

"可能她只有在晚上才能变身吧。"马克斯猜测道。

"对！肯定是这样！"我说，"因为我们也是在晚上给她施魔法的！我们走吧，等到明天早上再过来看她是不是变身了。"

真是太好了！第二天我和马克斯不用去上学。所以，马克斯很早就能来找我玩儿了。

"怎么样？里希太太变身了吗？"马克斯焦急地问。

"不知道，我还没有过去看呢。"我回答。

我们来到里希太太的门前偷听着。可惜，我们什么也没听到。一点儿都听不出来里希太太是不是已经成功地变身了。

"我们要不要在花园里大声地玩闹呀？"我问道，"这样也许过一会儿她就会出来责骂我们了。"

"好呀，我们就这么做吧！"马克斯赞同，"可是，我不想再玩儿小丑游戏了。"

于是，我和马克斯玩儿起了印第安人和美国牛仔的游戏。虽然在这个游戏中人们不能大声地笑，但是人们可以打闹，因为美国牛仔和印第安人总是很会打架。不过打架是假的，只是为了好玩儿而已，因为人们只会为了好玩儿才和自己的好朋友假打架。

不过，可惜里希太太一直都没有过来责骂我们。

"里希太太可能还没有变身成公主。"等我们打累了时，我失望地说。

"或者她不会来骂我们，因为她现在是一位公主，公主从来都不骂人的。"马克斯说。

"那这样的话我们必须要再一次把她带出她的房子。"我说。

"可是，我们怎么做呢？"马克斯问。

我和马克斯坐在草地上，苦苦思考着应该怎样拯救里希太太。当然，思考不会发出吵闹的声音。

"喂!"可是，里希太太却边急冲冲地朝我们的花园走来边生气地大喊着。

她的一只手里提着一个行李箱，另一只手抓着公主。可惜，公主还一直是一只青蛙，仍然没有变身。

"你们给我站住!"里希太太大声地喊着，"你们竟然把这只恶心的动物放进了我的房子里!"

"可是，那是一位公主呀!"马克斯辩解道。

"其实是我们觉得，您是那位公主。"我说。

"你们在胡说些什么?"里希太太更生气了。

这时，爸爸妈妈急急忙忙地跑了过来。

"你们看看!"里希太太大声喊着，"我去拜访我妹妹了。

可是，当我回来时，竟然发现这只恶心的青蛙出现在我的房子里！这肯定又是这两个小坏蛋干的好事！"

"这只青蛙是他们上学用的，它自己跑出来了。"妈妈解释道。

真是一个绝妙的借口！可惜妈妈却在生气地瞪着我。

　　"请你们看管好你们的孩子!"里希太太不满地说。接着把公主递给妈妈,转身回自己的家了。

　　爸爸妈妈骂了我们一会儿。唉,可惜我们必须要再次把青蛙放走了。

　　"不要在花园里,一定要把它带到外面的大草地上才放了它。"爸爸命令道。

　　我和马克斯走到外面的大草地上,把里希太太放走了。

"呱！"里希太太叫了一声，跳过一个大草丛跑掉了。

"看来它并不是里希太太。"马克斯失望地说。

"而且它可能也不是一位公主。"我失望地说。

"嗯，有可能吧。"马克斯说。

可是过了一会儿，走来了一个女孩子。她直直地向我和马克斯走来。她长得可漂亮了，金色的头发大大的眼睛，还穿着一件花裙子。我和马克斯呆呆地看着她。

"哇，一位真正的公主！"马克斯小声地说。

"而我们拯救了她！"我自豪地说。

图书在版编目（CIP）数据

中了魔法的女邻居／（德）弗里德里希（Friedrich, J.）著；
（德）舒迈尔（Schulmeyer, H.）绘；董秋香译.—北京：中国电力出版社，2008
（梦幻快乐阅读）
ISBN 978-7-5083-7493-2

I. 中… II.①弗…②舒…③董… III.图画故事－德国－
现代 IV.I516.85

中国版本图书馆CIP数据核字（2008）第106909号

著作权合同登记号　　北京版权局图字：01-2007-5053

Friedrich, MEIN BESTER FREUND UND DIE VERZAUBERTE NACHBARIN ©
2005 by Thienemann Verlag (Thienemann Verlag GmbH), Stuttgart ／ Wien.

文　　字：[德] 约阿希姆·弗里德里希
绘　　画：[德] 亨利伯特·舒迈尔
翻　　译：董秋香
责任编辑：力　荣
责任印制：陈焊彬

中国电力出版社出版、发行
电话：010-58383291　传真：010-58383291
（北京三里河路6号100044 http://www.ceppshaoer.com）
印刷：北京盛通印刷股份有限公司印刷
各地新华书店销售

2008年9月第一版　　2008年9月 第一次印刷
720毫米 ×1000毫米 20开本 3.5印张 70千字
印数0001—5000册　定价9.90元